【國際安徒生插畫大獎系列】

矗立在森林中的小屋

作　　者：尤塔·鮑爾（Jutta Bauer）[德國]
繪　　畫：尤塔·鮑爾（Jutta Bauer）[德國]
翻　　譯：林美琪
責任編輯：甄艷慈
出　　版：新雅文化事業有限公司
　　　　　香港英皇道499號北角工業大廈18樓
　　　　　電話：(852) 2138 7998
　　　　　傳真：(852) 2597 4003
　　　　　網址：http://www.sunya.com.hk
　　　　　電郵：marketing@sunya.com.hk
發　　行：香港聯合書刊物流有限公司
　　　　　香港新界大埔汀麗路36號中華商務印刷大廈3字樓
　　　　　電話：(852)2150 2100
　　　　　傳真：(852)2407 3062
　　　　　電郵：info@suplogistics.com.hk
版　　次：二O一六年七月初版
　　　　　10 9 8 8 7 6 5 4 3 2 1

香港及澳門地區繁體中文版出版發行權由台灣閣林文創股份有限公司授予

ISBN：978-962-08-6601-2
Original title: Steht im Wald ein kleines Haus
Author and Illustrator: Jutta Bauer
© 2012 Moritz Verlag GmbH, Frankfurt am Main
Complex Chinese language edition arranged through jia-xi books co., ltd., Taipei & mundt agency,
Düsseldorf

矗立在森林中的小屋

文・圖／尤塔・鮑爾（Jutta Bauer）

翻譯／林美琪

新雅文化事業有限公司

www.sunya.com.hk

森林中矗立着
一間小屋。

有隻鹿從窗口往外看了看，

9

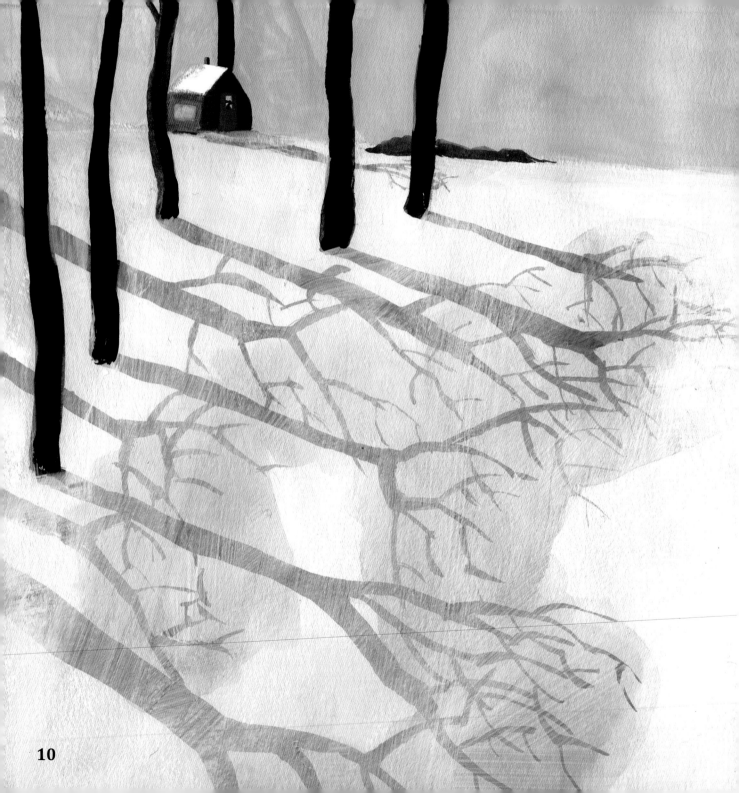

有隻小兔子跑了過來，

他往門上敲了敲：

「救命啊！救命啊！
大難臨頭！獵人馬上就要
殺過來啦！」

「小兔子，小兔子，快進來！」

「讓我握握你的手！」

森林中矗立着一間小屋。

有隻小狐狸跑了過來，

他往門上敲了敲：

「救命啊！救命啊！大難臨頭！獵人馬上就要殺過來啦！」

「小狐狸，
小狐狸，快進來！」

「小兔子，你和小狐狸握握手！」

28

森林中矗立着一間小屋，
沒人從窗口往外看。

有個獵人跑了過來，

他往門上敲了敲：

「救命啊！救命啊！大難臨頭！
我們倆早已餓昏頭了！」

「獵人，獵人，快
進來！」

「和我們大家握握手！」

41